The Urbana Free Library

To renew: call **217 367-4057**
or go to **urbanafreelibrary.org**
and select **My Account**

Manualidades para días lluviosos

¿Cómo hago origami?

Elton Jones
traducido por Eida de la Vega

ilustrado por
Anita Morra

PowerKiDS press.

New York

Published in 2019 by The Rosen Publishing Group, Inc.
29 East 21st Street, New York, NY 10010

First Edition

Translator: Eida de la Vega
Editorial Director: Nathalie Beullens-Maoui
Editor: Rossana Zúñiga
Art Director: Michael Flynn
Book Design: Raúl Rodriguez
Illustrator: Anita Morra

Cataloging-in-Publication Data

Names: Jones, Elton.
Title: ¿Cómo hago origami? / Elton Jones.
Description: New York : PowerKids Press, 2019. | Series: Manualidades para días lluviosos | Includes index.
Identifiers: LCCN ISBN 9781538332696 (pbk.) | ISBN 9781538332689 (library bound) |
ISBN 9781538332702 (6 pack)
Subjects: LCSH: Origami–Juvenile fiction. | Handicraft–Juvenile fiction.
Classification: LCC PZ7.J664 Ho 2019 | DDC [E]–dc23

Manufactured in the United States of America

CPSIA Compliance Information: Batch #CS18PK. For further information contact Rosen Publishing, New York, New York at 1-800-237-9932

Contenido

Hoy llueve mucho. Mi abuelito y yo
no podemos salir.

Dibujo la tormenta.

Abuelito escucha la televisión.

—¿Qué estás haciendo, abuelito?
—le pregunto.

—Esto es origami —dice mi abuelo.

—Te voy a enseñar a hacer un barco
—dice abuelito.

Tomo un pedazo
de papel.

Mi abuelo dobla
el papel a la mitad.

Yo también doblo mi papel.

Las esquinas se doblan hacia abajo.

Los bordes se doblan hacia arriba.

Volteamos
y doblamos.

Y volvemos a voltear y doblar.

Abuelito jala las puntas de su papel.

¡Hizo un barquito de papel!

Abuelito me deja intentarlo de nuevo.

¡Yo también hago un barco!

La lluvia dejó
grandes charcos afuera.

¡Nuestros barcos de origami navegan!

Palabras que debes aprender

(el) origami

(el) charco

(la) televisión

Índice